12 Mars 1911

AF326122

Collection de feu M. G...

TABLEAUX

MODERNES

Objets d'Art et d'Ameublement

Collection de feu M. G...

TABLEAUX MODERNES

OBJETS D'ART ET D'AMEUBLEMENT

CONDITIONS DE LA VENTE

Elle sera faite au comptant.

Les acquéreurs payeront *dix pour cent* en sus des enchères.

Paris. — Imp. Georges Petit, 12, rue Godot-de-Mauroi. — 2.351-11.

CATALOGUE

DES

TABLEAUX

MODERNES

PAR

BAUDRY PAUL . BILLET. GEGERFELT
HILDEBRANDT. JONGKIND. LAPOSTOLET. STEVENS A
THORNLEY. VEYRASSAT. VUILLEFROY. ZIEM

OBJETS D'ART & D'AMEUBLEMENT

Composant la Collection de feu M. C...

ET DONT LA VENTE AUX ENCHÈRES PUBLIQUES, APRÈS DÉCÈS, AURA LIEU A PARIS

HOTEL DROUOT. SALLE N° 6

Le Mercredi 22 Mars 1911

a trois heures

COMMISSAIRES-PRISEURS

M° F. LAIR-DUBREUIL
6, rue Favart, 6
PARIS

M° HENRI BAUDOIN
Successeur de M° Paul CHEVALLIER
10, rue Grange-Batelière, 10

EXPERT

Pour les Tableaux

M. GEORGES PETIT
8, rue de Sèze, 8

Pour les Objets d'Art et d'Ameublement

MM. MANNHEIM
7, rue Saint-Georges, 7

EXPOSITIONS

PARTICULIÈRE : *Le Mardi 21 Mars 1911, de 1 heure 1 2 a 6 heures.*
PUBLIQUE : *Le Mercredi 22 Mars 1911* jour de la vente, *de 1 h. 1 2 a 3 heures.*

500

Tableaux Modernes

BAUDRY

PAUL

1 — *L'Amour et Psyché.*

L'Amour est assis, vu de profil, ses ailes blanches mettant une palpitation de neige sur un fond de ciel d'azur pâle. Il tient, serrée près de sa poitrine, Psyché, vêtue de blanc comme un lis, Psyché, qui s'abandonne, Psyché qui rêve, Psyché qui aime ! Tous les deux se contemplent, les yeux éperdus... et perdus. Leurs mains qui s'animent comptent inconsciemment les palpitations de leurs deux cœurs qui battent à l'unisson.

A gauche, en bas, un petit amour rougit à la flamme d'une lampe d'hymen les flèches qui font les blessures dont on ne guérit pas. Il est grave et blond, et dodu, et sceptique peut-être, ce petit bambin qui prépare la vie, la mort, l'éternité. Au-devant de l'œuvre, deux colombes battent des ailes : l'une pose sur un carquois auquel il manque une flèche.

Signé à gauche, en bas : *P. Baudry, 1884.*

Gravé par WALTNER.

Toile. Haut., 1 m. 93 ; larg., 1 m. 56.

BILLET

(PIERRE)

2 — *Les Ramasseuses de crevettes.*

Signé à droite, en bas : *Pierre Billet, 1888.*

Toile. Haut., 1 m. o5; larg., 1 m. 63.

BILLET

(PIERRE)

3 — *L'Hiver.*

Signé à gauche, en bas : *Pierre Billet, 1890.*

Toile. Haut., 1 m. 14; larg., 1 m. 53.

GEGERFELT

4 — *Coucher de soleil au-dessus de steppes.*

Signé à droite, en bas : *N. de Gegerfelt.*

Haut., 37 cent.; larg., 5o cent.

HILDEBRANDT

(E.)

5 — *Les Contrebandiers.*

Dans une anse abritée par des hautes falaises, ils ont
fait aborder leur break, et sont fort affairés à leurs
besognes de déchargement.

Signé à droite, en bas, et daté : *1846.*

Toile. Haut., 67 cent.; larg., 1 m. 16.

JONGKIND

6 — *L'Hiver en Hollande.*

Au premier plan, sur la glace qui couvre le canal et
qui est en partie cachée par la neige, des gens, hommes
et femmes, sont en train de patiner. Vers la gauche, on
aperçoit un bateau de pêche enserré dans la glace.
A droite, au bord du canal, une maison montre ses
murs blancs dans l'encadrement d'un épais massif
d'arbres. Au fond, on devine toute une ville dont les
toitures de tuiles rouges sont dominées par des moulins.
Un vol d'oiseaux traverse le ciel sur l'écran duquel
s'envolent de géantes nuées grises.

Signé à droite, en bas : *Jongkind, 1868.*

Toile. Haut, 34 cent.; larg., 41 cent.

JONGKIND

7 — *L'Observatoire, vu du faubourg Saint-Jacques.*

C'est un de ces coins du vieux Paris que le maître excellait à interpréter. Au milieu, la sortie du faubourg Saint-Jacques. A gauche, les constructions de l'Observatoire. A droite, devant les maisons du quartier, la station de l'omnibus, aujourd'hui disparu, de la Glacière à la barrière Rochechouart.

Le ciel est très lumineux, avec des nuées blondes.

Signé à gauche, en bas : *Jongkind, 1874*, et derrière, une indication datée du 29 avril.

Toile. Haut., 42 cent.; larg., 56 cent. 1/2.

5 600

Jongkind

JONGKIND

8 — *Le Chemin sur la côte Saint-André.*

C'est une route crayeuse qui part des premiers plans,
à droite, et dont la perspective s'enfonce vers la gauche :
elle s'étend au pied de la colline dont les flancs boisés
par place sont marqués de quelques maisonnettes à
tuiles rouges. A gauche, en bordure de la route, il y a
une rangée de jeunes arbres ; puis, plus à gauche, un
massif d'arbustes et les champs que séparent des haies.
Au milieu, un paysan s'avance conduisant un chariot
attelé de deux bœufs. Le ciel est clair avec quelques
nuées grises.

Signé en bas, vers le milieu : *Jongkind, 16 sept. 1885.*

Toile. Haut., 24 cent.; larg., 47 cent.

JONGKIND

9 — *Coucher de soleil sur la mer, aux envi-rons de Rotterdam.*

Les grands bateaux sont à l'ancre, sur la mer aux vagues calmes, et les mâts et les cordages se dessinent sur un fond de ciel magnifiquement illuminé de soleil couchant. A gauche. au fond, on aperçoit une ville dominée par un clocher très élevé. Du même côté, au tournant de la rive. deux hommes sont en train de manœuvrer leur barque.

Signé à droite. en bas : *Jongkind, 73.*

Toile. Haut., 33 cent. 1 2 ; larg., 46 cent.

Rotterdam 5 Oct.

JONGKIND

10 — *L'Allée des Jardiniers, à Rotterdam.*

C'est l'automne : un beau jour plein de soleil : à gauche, le long de l'étroit canal où frissonnent de clairs reflets, les maisonnettes sont construites, dominées parfois par des feuillages déjà rouillés : devant l'une de ces demeures, deux commères sont en train de tailler une bavette, toutes deux debout, l'une portant deux seaux à bout de bras, l'autre calant ses poings à ses hanches. A droite, le quai, planté d'une rangée de saules au feuillage léger, est bordé par toute une série de constructions de briques devant lesquelles passent des hommes et des femmes. Le ciel serait d'azur s'il n'était en partie caché par la gaze dorée des nuages.

Signé à gauche, en bas : *Jongkind, 1886* ; à droite : *Rotterdam, 5 oct.*

Toile. Haut., 34 cent.; larg., 47 cent.

JONGKIND

11 — *La Diligence de Grenoble à Sassenage.*

Jongkind fit ce tableau pendant un séjour de Gustave Doré à Vilars-de-Lans. Pour aller à Vilars, on prenait à Grenoble une diligence et, à certains moments, on se trouvait dans la montagne. C'est ce moment que Jongkind a choisi pour représenter l'antique véhicule qui le conduisait chez son ami, et qu'il représente de profil à droite. attelé de ses quatre chevaux et silhouettant sa vieille forme désuète sur un fond de ciel lumineux, limité à droite par les montagnes de l'Isère.

Signé à droite. en bas : *Jongkind, Grenoble, 7 oct. 1875.*

Au dos du châssis, on lit plusieurs indications. de la main du maître.

Toile. Haut., 16 cent.; larg.. 26 cent. 1/2.

JONGKIND

12 — *Le Canal, à Pantin.*

C'est la banlieue de Paris, à l'aspect désolé qu'elle avait il y a quarante ans. A droite, quelques maisons émergeant du sol dénudé; à gauche, au tournant du canal, au bord duquel s'aligne une rangée d'arbres, le sol des berges offre son banc propice à quelques pêcheurs à la ligne. De grands nuages dans le ciel.

Aquarelle.

A droite, en bas, on lit : *Pantin, 2 août 70.*

Signée à gauche, en bas, du timbre de la vente.

Haut., 28 cent.; larg., 48 cent. 1 2.

JONGKIND

13 — *Le Vieux bassin, à Bruxelles.*

Au premier plan, le bassin, le long duquel sont amarrés des chalands. A gauche et au fond, les constructions de magasins généraux.

Aquarelle.

Signée à droite, en bas : *Jongkind. Bruxelles, 22 août 66.*

Haut., 24 cent.; larg., 39 cent.

JONGKIND

14 — *Le Moulin.*

Au premier plan, les eaux frissonnantes d'un canal ; puis, sur la rive, à gauche, des constructions basses coiffées de tuiles rouges et dominées par la masse trapue d'un moulin. Au fond, à droite, d'autres moulins et, suivant le cours du canal, des bateaux à voile.

Aquarelle sur papier blanc.
Datée à droite, en bas : *1ᵉʳ oct. 69.*
Signée du timbre de la vente.

Haut., 27 cent.; larg., 44 cent.

LAPOSTOLET

15 — *La Seine à Rouen.*

Signé à droite, en bas : *A. Lapostolet.*

Toile. Haut., 53 cent. 1/2 ; larg., 71 cent. 1/2.

LAPOSTOLET

16 — *Bateaux à l'ancre dans le port.*

Au dos, le timbre de la vente Lapostolet.

Toile. Haut., 39 cent.; larg., 27 cent.

LAPOSTOLET

17 — *Le Steamer.*

Signé à droite, en bas, du timbre de la vente.

Toile. Haut., 27 cent.; larg., 40 cent.

LAPOSTOLET

18 — *Un Marché en Normandie.*

Signé à droite, en bas, du timbre de la vente.

Toile. Haut., 44 cent.; larg., cent.

STEVENS

A.

19 — *Dans l'atelier. Le Repos du modèle.*

Près d'un poêle de fonte, dont le foyer ouvert laisse
apercevoir une bûche enflammée. une jeune femme est
assise de trois quarts à gauche et se chauffe les mains.
Elle est vêtue d'un ample peignoir de satin jaune, ayant
un pli Watteau. Elle a les cheveux noirs partagés en
bandeaux sur le front. Sur le poêle. on a posé un vase
de faïence d'où s'envolent de très légères vapeurs d'eau.
Contre les murs. au fond et à droite. des tableaux et des
études sont accrochés. A droite. sur un chevalet, une
toile commencée où l'on aperçoit une scène dans le
goût du xviii° siècle. scène à laquelle prend part le
modèle à robe jaune. Sur le parquet ciré, une estampe
est oubliée. Devant le foyer du poêle, un plateau dans
lequel se trouve la clef du poêle et quelques bouts de
cigarettes.

Signé à gauche. en bas : *1857.*

Panneau. Haut.. 60 cent.; larg.. 49 cent.

Collection Huybrechts, d'Anvers.

STEVENS

(A.)

20 — *Mélodie.*

Debout dans un salon, une jeune fille, vue presque de face, va chanter une mélodie. Elle est vétue d'une robe marron ornée de broderie. Le corsage est décolleté en carré sur une guimpe de mousseline blanche à manches. La jeune fille tient de ses deux mains la musique dont elle suivra tout à l'heure les portées. Derrière elle, à droite, elle a déposé sur un sofa rouge son éventail, ses gants et la gerbe de roses qu'on vient de lui offrir. A gauche, on aperçoit, au-devant d'une tenture rose bordée de broderies, une harpe et un pupitre. Contre le mur, à droite, un paysage est encadré d'une bordure ovale.

Signé à gauche, en bas.

Panneau. Haut., 60 cent. 1/2 : larg., 45 cent.

THORNLEY

21 — *Au large.*

Signé à droite. en bas : *J.-W. Thornley*.

Toile. Haut., 72 cent. ; larg., 1 m.

THORNLEY

22 — *La Falaise.*

Signé à droite. en bas : *Thornley*.

Toile. Haut., 81 cent.; larg., 1 m. 16.

THORNLEY

23 — *L'Estacade.*

Signé à droite, en bas : *J.-W. Thornley*.

Haut., 60 cent.; larg., 81 cent.

VEYRASSAT

24 — *La Charrue.*

En avant d'un bouquet d'arbres, à l'ombre duquel deux paysannes se sont arrêtées, une charrue stationne. attelée de deux chevaux blancs vus de profil à gauche. A gauche, au fond, de l'autre côté d'une rivière, on aperçoit un village aux maisons couvertes de tuiles rouges et dominées par un petit clocher.

Signé à gauche, en bas : *J. Veyrassat*, avec cette dédicace : « *A son ami Bernheim J.* »

Panneau. Haut., 16 cent. 1/2; larg., 24 cent.

VUILLEFROY

F. DE

25 — *Marché aux bestiaux. Environs de Vichy.*

Sur le pré qui s'étend devant les maisons du hameau,
que l'on aperçoit à gauche, on a amené le bétail : bœufs,
vaches, veaux, chevaux, moutons, etc. C'est à perte de
vue des lignes d'échines ondulant sous la lumière et
marquées de place en place de la saillie des cornes aux
courbes variées. Au premier plan, à droite et à gauche,
on voit des bêtes couchées : entre elles, dans une sorte
de chemin, un paysan, accompagné de sa fille coiffée
d'un chapeau de paille, pousse devant lui son troupeau
à grands coups de bâton. Devant le troupeau, vers la
gauche, un chien de berger à poils noirs et vu de dos
en arrêt. A gauche, dans la poussière, devant les maisons, on aperçoit les gens venus en foule pour le marché.
Ciel gris traversé de nuées et de quelques rayons de
lumière.

Signé à droite, en bas.

Toile. Haut., 1 m. 32 ; larg., 2 mètres.

ZIEM

26 — *Le Départ du « Bucentaure »*.

Pour la fête annuelle, le *Bucentaure* va prendre le
large et, déjà, l'on n'aperçoit plus, à droite, que l'arrière
de la frégate historique. Au premier plan, le long du
quai, devant la Piazzetta, des personnages en costumes
de tons vifs et évoquant l'époque lointaine des doges,
vont monter en gondole; derrière eux, à l'entrée de la
Piazzetta, des marchands d'oranges et de pastèques sont
assis sur le sol et attendent le client. A gauche, on aperçoit l'amorce de la Librairia, puis le Palais des doges.
La ville apparaît plus loin dans un poudroiement de
lumière; le ciel est d'azur et d'or; un gondolier, avec
son embarcation, va passer à droite, le long du *Bucentaure*.

Signé à gauche, en bas : *Ziem*.

Toile. Haut., 73 cent.; larg., 97 cent.

ZIEM

27 — *Le « Bucentaure »*.

Le *Bucentaure*, en grand pavois, va rentrer à Venise :
il s'en vient sans doute de l'antique cérémonie annuelle
du mariage de Venise avec l'Adriatique. Sa silhouette
somptueuse, avec ses multiples rangs de rameurs, ses
oriflammes rouges, ses voiles blanches, se silhouette
sur l'écran du ciel azuré et magnifiquement lumineux.
Au premier plan, à droite, des marchands de fruits sont
assis sur le sol, tandis que des femmes en robes bleues
et rouges attendent au bord d'un emb .cadère que leur
gondolier ait approché son embarcation pour qu'elles
y puissent monter. Au loin, du même côté, on aperçoit
la ligne des quais avec le palais des Doges dominé par
le Campanile, la Piazzetta, la Librairia, etc. A gauche,
c'est la Dogana, avec son campanile, et, plus loin, le
dôme de l'église Santa Maria della Salute. Dans l'eau
très bleue il y a des frissonnements de lumière qui
semblent un jeu de pierres précieuses sur un velours
d'émeraude.

Signé à droite, en bas : *Ziem*.

Panneau. Haut.. 72 cent. : : larg... : cent.

ZIEM

28 — *Le Jardin public, à Venise.*

A gauche, au bord de l'eau bleue. le jardin public
avec ses arbres au feuillage rosé. Sur l'escalier qui
donne accès au jardin. des personnages sont debout ou
assis. et voici qu'à grands coups de rames deux mari-
niers mènent leur embarcation toute chargée de promeneurs en costumes rouges et jaunes. promeneurs qu'ils
vont débarquer au jardin public. A droite, au loin, on
aperçoit la côte ainsi qu'un bateau aux voiles blanches.
Le ciel est très bleu. avec de beaux nuages bordés de
transparences fauves qui semblent s'envoler de la mer.

Signé à gauche. en bas : *Ziem.*

Panneau. Haut., 51 cent.; larg., 85 cent.

000.

Objets d'Art et d'Ameublement

---

29 — GROUPE en biscuit de Lorraine, représentant Renaud et
Armide, XVIIIᵉ siècle. Avec le cachet : *Terre de Lorraine.*

Haut., 30 cent.; larg., 23 cent.

30 — GRAND CARTEL, avec socle-applique en marqueterie de
corne teintée et de nacre, sur fond de cuivre, riche-
ment orné de bronzes à rocailles. Cadran signé : Dufossé,
à Paris.

31 — AMEUBLEMENT DE SALON du temps de l'Empire, en acajou
sculpté, orné de bronzes et recouvert en lampas à
dessins blancs sur fond bleu ciel. Il se compose de deux
grands canapés, une bergère, six fauteuils et huit
chaises.

32 — TABOURET à accotoirs, assorti au meuble précédent.

33 — FAUTEUIL DE BUREAU en acajou, en partie du temps de
l'Empire, orné d'appliques en bronze ciselé et doré :
buste, couronne, têtes de béliers, etc. Il est garni en
lampas à dessins blancs sur fond bleu ciel.

34 — Meuble à hauteur d'appui du temps de l'Empire, en acajou, orné d'appliques, encadrements, rosaces et chapiteaux en bronze. Il ouvre à deux portes munies de glace. Dessus de marbre.

35 — Meuble-crédence en acajou sculpté du temps de l'Empire, décoré d'appliques en bronze doré. Il ferme à deux portes, ornées chacune d'un médaillon en biscuit à personnages d'après l'antique, sur fond bleu.

RED. :

27

graphicom

0 1 2 3 4 5 6 7 8 9 10

BIBLIOTHÈQUE NATIONALE DE FRANCE

CHATEAU DE SABLÉ

1997

www.ingramcontent.com/pod-product-compliance
Lightning Source LLC
LaVergne TN
LVHW020144070726
842527LV00017B/1328